LOUIS N'EST PLUS !!!

CHANT ROYAL.

Au profit

DES INCENDIÉS DE SALINS.

Par le Chev J.-C. DELBARRE (de Dormans).

Prix : 1 franc.

Paris,

Chez DENTU, Libraire, au Palais-Royal, galerie de bois ;
DELAUNAY, Libraire, Palais-Royal, galerie de bois ;
PONTHIEU, Libraire, Palais-Royal, galerie de bois ;
LENORMANT, Libraire, rue de Seine, n. 8.

25 Août 1825.

LOUIS N'EST PLUS !!!

CHANT ROYAL.

Au profit

DES INCENDIÉS DE SALINS.

Par le Chev J.-C. DELBARRE (de Dormans).

Prix : 1 franc.

Paris,

Chez DENTU, Libraire, au Palais-Royal, galerie de bois;
DELAUNAY, Libraire, Palais-Royal, galerie de bois;
PONTHIEU, Libraire, Palais-Royal, galerie de bois;
LENORMANT, Libraire, rue de Seine, n. 8.

25 Août 1825.

IMPRIM. DE CARPENTIER-MÉRICOURT,
Rue de Grenelle-St-Honoré, N° 5q.

UNE FLEUR

Sur le Tombeau

DU SAGE ET VERTUEUX

LOUIS-XVIII-LE-DÉSIRÉ,

Pour l'Anniversaire de sa Fête,

25 Août 1825.

Dieu, les Bourbons, l'honneur, la gloire et la patrie,
Voilà d'un bon Français la devise chérie?

LOUIS N'EST PLUS!!!

Chant Royal.

Choeur.

ENTOURONS cet autel
De festons magnifiques,
En l'honneur d'un Prince immortel!
Français! que les voûtes antiques
Du saint temple de l'Éternel
Retentissent partout, en ce jour solennel,
Du chant de nos divins cantiques!

Première Voix.

LOUIS n'est plus !!!.... Vous, peuples! en ces lieux,
De la reconnaissance
Écoutez les chants douloureux:
Approchez et faites silence....

J'exalte ce Roi vertueux,
Que je viens saluer du nom si glorieux
De libérateur de la France !

Entourons cet autel
De festons magnifiques,
En l'honneur d'un Prince immortel ! etc.

LOUIS n'est plus !!!.... Hélas ! en ce beau jour,
Nous avions l'avantage
De lui témoigner notre amour
Et de lui rendre un juste hommage.
Tout nous charmait en ce séjour.
Ma muse se plaisait à chanter le retour
. De l'auguste fête d'un sage.

Entourons cet autel
De festons magnifiques,
En l'honneur d'un Prince immortel ! etc.

LOUIS n'est plus!!!.... Quoi! je verse des pleurs

Sur cette faible lyre

Que je devrais couvrir de fleurs,

Au sein du plus noble délire!

Quoi! le héros de tous les cœurs

N'a-t-il régné sur nous, après tant de malheurs!

Que pour consoler son empire.

**hoeur.**

Entourons cet autel

Dé festons magnifiques,

En l'honneur d'un Prince immortel! etc.

LOUIS n'est plus!!!.... Répètent les échos

Du couchant à l'aurore:

Plus grand que les plus grands héros,

Peuples! que partout on l'honore;

Nous lui devons notre repos,

Les douceurs de la paix, l'oubli de tous nos maux,...

Que ne lui devons-nous encore!!!

Entourons cet autel, etc.

LOUIS n'est plus!!!.... Mais la postérité
    D'une voix solennelle,
    Redira cette vérité :
    Que des bons princes le modèle
    Louis-le-Sage a mérité,
Par ses hautes vertus, sa douce piété,
    De son Dieu la grâce éternelle.

Entourons cet autel, etc.

LOUIS n'est plus!!!.... Ah! n'oublions jamais
    Sa grandeur admirable,
    Et sa clémence et ses bienfaits.
    O LOUIS! prince incomparable,
    Ange de douceur et de paix!
Oui! tu vivras toujours dans le cœur des Français!
    Oui! ta gloire est impérissable!

Entourons cet autel, etc.

LOUIS n'est plus !!!.... Que ne fit-il pour nous,
    Au temps de nos alarmes !
  Quand l'erreur dirigeait nos coups,
  Que le sort trahissait nos armes !
  Plaignant notre aveugle courroux,
Voulant tout oublier et nous protéger tous,
  Il revint pour sécher nos larmes.

Entourons cet autel, etc.

LOUIS n'est plus !!!.... Législateur fameux
    Et profond politique,
  Sage, savant, Roi vertueux,
  Français ! sa charte pacifique,
  (Chef-d'œuvre d'un cœur généreux),
A fixé tous nos droits, couronné tous nos vœux,
  Sauvé la France monarchique.

Entourons cet autel
De festons magnifiques,
En l'honneur d'un Prince immortel! etc.

LOUIS n'est plus !!!.... Protecteur des beaux arts,
Père de la patrie,
Sans cesse il portait ses regards
Sur le commerce et l'industrie.
C'est ainsi que dans nos bazards,
Nous voyons aujourd'hui briller de toutes parts
Mille chef-d'œuvres du génie!

Entourons cet autel
De festons magnifiques,
En l'honneur d'un Prince immortel! etc.

LOUIS n'est plus!!!.... Mais quel doux souvenir

Reste dans la mémoire!

Quel exemple pour l'avenir!

Que de beautés pour notre histoire!!....

Avec le temps tout doit finir:

Grand Dieu! si l'âge d'or doit bientôt revenir,

Il en aura toute la gloire.

Choeur.

Entourons cet autel

De festons magnifiques,

En l'honneur d'un Prince immortel! etc.

LOUIS n'est plus!!!.... Prince sans passion,

Sa bonté tutélaire

Ne nous parlait que d'union.

Louis nous gouvernait en père!

Sa noble modération

A fait notre bonheur et l'admiration

De tous les peuples de la terre.

Chœur.

Entourons cet autel
De festons magnifiques,
En l'honneur d'un Prince immortel! etc.

LOUIS n'est plus!!!.... Le royaume des cieux
Était son héritage.
Monarque juste et vertueux,
Dieu lui devait cet avantage.
Au séjour des vrais bienheureux,
Ainsi que nos bons Rois, ses illustres aïeux,
Il a le bonheur en partage.

Chœur.

Entourons cet autel
De festons magnifiques,
En l'honneur d'un prince immortel !
Français ? que les voûtes antiques
Du saint temple de l'Éternel

Retentissent partout, en ce jour solennel,
  Du chant de nos divins cantiques !

Deuxième Voix.

LOUIS n'est plus !!!.. Digne héritier des droits
  De la grandeur suprême ;
O Charle ! ô le meilleur des rois !
  Nous te chérissons tous de même ;
  Nos cœurs n'ont qu'une même voix....
Que je m'enorgueillis ! quand sur ton front je vois
  Briller le plus beau diadème !

Chœur.

O CHARLE ! ô le meilleur des rois !
  Nous te chérissons tous de même ;
  Nos cœurs n'ont qu'une même voix ;
Heureux, heureux le peuple appelé sous tes lois,
  Pour qui ton amour est extrême !

Troisième Voix.

Louis n'est plus !!!... Mais ce roi bienfaiteur,
Mais ce vertueux père,
Digne objet de notre douleur,
Nous le retrouvons dans son frère.
Chez les Bourbons, tant de grandeur,
De bonté, de clémence et de gloire et d'honneur
Sont un trésor héréditaire !

O CHARLE! ô le meilleur des rois!
Nous te chérissons, etc.

Quatrième et dernière Voix.

Louis n'est plus !!!... De funèbres cyprès
Couvrent encor la France;

Mais au milieu de ses regrets

Brille la plus douce espérance.

Quand tous les cœurs sont satisfaits ,

L'amour et le plaisir suivent le deuil de près ;

Le règne du bonheur commence.

Chœur.

O CHARLE ! ô le meilleur des rois !

Nous te chérissons tous de même ;

Nos cœurs n'ont qu'une même voix.....

Heureux , heureux le peuple appelé sous tes lois ,

Pour qui ton amour est extrême !

Entourons cet autel

De festons magnifiques ,

En l'honneur d'un prince immortel !

Français ! que les voutes antiques

Du saint temple de l'Éternel

Retentissent partout, en ce jour solennel,

Du chant de nos divins cantiques !

FIN

www.ingramcontent.com/pod-product-compliance
Lightning Source LLC
Chambersburg PA
CBHW061412170626
46811CB00005B/1964